KB118457

백날을 함께 살고 일생이 갔다

배영옥 시집

문학동네시인선 122 배영옥
백날을 함께 살고 일생이 갔다

시인의 말

이미 오래전부터
나는 아무것도 말하지 않았다.

아직 말하지 않음으로
나의 모든 것을 발설하였으므로,

내가 끝내 영원으로 돌아간다 한들
아무도 나를 탓하지 않으리라.

2018년 6월 11일
배영옥

차례

1부

엄마 무덤 곁에 첫 시집을 묻었다

훗날의 시집

필자는 없고
필사만 남겨지리라

표지의 배면만 뒤집어보리라

순환하지 않는 피처럼
피에 감염된 병자처럼

먼저 다녀간 누군가의 배후를 궁금해하리라

가만히 내버려두어도
여전히 현재진행형인 나의 전생이여

마음이 거기 머물러

영원을
돌이켜보리라

늦게 온 사람

눈앞에 문이 있어도
당신은
문을 보지 못한다

내가 당신의 방패가 되어주었다면
내가 당신을 안아줄 수 있었다면
문밖에서 함부로 문을 닫지 않았을 텐데

문 안에서 그리워하는 사람은
안팎이 조금씩 바뀌고 있는 사람

그리하여 한번 늦은 사람은
영원히 늦은 사람

눈앞에 문이 있어도
당신은
문을 보지 못한다

당신은 한참이나 늦어버린 사람
이미 늦은 사람

사과와 함께

르네 마그리트의 마그네틱 사과 한 알 현관문에 붙여놓고
나는 날마다 사과의 집에 살고 있는 사람
사과의 허락도 없이 문을 따는 사람

나는 이제 더이상 과수원집 손녀가 아니고
사과도 이미 그때의 사과가 아닌데
국광, 인도, 홍옥……처럼 조금씩 존재를 잃어가는 사람

사과의 고통은 사과가 가장 잘 안다는 할아버지 말씀처럼
그럼에도 매번 피어나는 사과꽃처럼
봄이면 내 어지럼증은 하얗게 만발하곤 하지만
나는 사과를 좋아하지 않는 사람
한 번도 빨갛게 익어본 적 없는 사람

내가 사과를 볼 때마다 가슴이 덜컥 내려앉는 건
사과의 눈부신 자태 때문이 아니라
사과 이전과 사과 이후의 고통을 배회하고 있기 때문

그러나 나는 날마다 사과의 집에 살고 있는 사람
할아버지도 르네 마그리트도 방문하지 않는 현관문 안에서
누군가의 기척을 기다리는 사람
한 알의 사과 문(門) 안에서 봄이 오길 기다리는 사람

그럼에도 사과는 이미 사과꽃을 잊은 지 오래
그럼에도 나는 이미 사과를 잊은 지 오래

그림자와 사귀다

원하지 않아도
언제나 곁들여 나오는 토마토케첩처럼
숱한 감정에 나를 살아보기도 했다
너무 맑아서 오히려 들리지 않는 종소리를 품고
몸살 앓는 그믐이기도 했다
누구나 알고 아무도 모르는
너무 예민한 거울을 나는 갖고 있어서
완연한 병색처럼 검은 노을을 따라나서기도 했다
당신의 배면은 너무 어둡고
나의 가면은 기나긴 사계절을 건너온
뜨거운 소금 사막이었다
싹튼 목화꽃이 솜이 될 때까지
나는 나에게서 조금도 달아나지 못했다
머리와 꼬리를 문 뱀처럼
진흙을 빠져나와 다시 진흙으로*
아무때나 곁들여 나오는 토마토케첩처럼
뒤따르며 앞장서며

* 오정국 시인의 시「진흙을 빠져나오는 진흙처럼」을 변형.

위성

어느 날 과거와 미래의 다른 얼굴이 나를 찾아온다면
그녀들이 둥글게 손에 손을 맞잡고
위성처럼 내 주위를 에워싸고 있다면
나는 환호성을 울리며 기뻐할 수 있을까
비명 없이 끔찍할 수 있을까
그중 몇몇을 내가 좋아할 수 있다면
그중 몇몇은 나를 비판할 수 있을까
이런 말도 안 되는 상상에서
나는 슬며시 젖은 왼발을 이불 밖으로 꺼내놓을까
꿈속처럼 저린 손을 꾹꾹 누르며 다시 잠이 들까
나는 이미 다른 이름이지만
그녀의 눈 코 귀 입은 다르지만 체격 미소 머리칼은 다르
지만
이마의 굵은 한 줄 주름과 눈밑의 다크서클은 똑같아서
젊고 늙고 아름다운 그녀들
추하고 잔망스럽고 애달픈 그녀들
모두 나를 이루고 나는 항상
나에게서 두어 발자국 뒤처져 걷고 있고
나는 항상 나의 바깥에서 내 얼굴의 그림자를 찾고 있고

암전
—고영 시인에게

그러므로
함께 별을 바라본다는 건
타다 남은 잔해를 서로에게 보여준다는 의미

언젠가 찰나와 순간의 에너지를 폭발시켜
유성처럼 끝장을 보겠다는
결심

이것은
신(神)이 우리에게 질문을 던질 때부터
예정된 운명이자 수순,
파·멸과
파·탄의 시나리오

별의 시체를
몸속에서 꺼내어 네게 보여줄까?

죽음을 영접하기 위해서는 얼마나 오랜 연습이 필요한지
아무도 얘기해주지 않는데
왜 너만……

별을 향해 걸어갈 내 발자국에는
왜 검은 그을음이 묻어 있는지

훗날
네게만 말해줄게

또다른 누군가의 추억으로 남을

나는 끝내
의자 아래 묻힌 신전을 모를 것이고
의자 또한 나를 모를 것이고
의자 위의 사과는
나에게 관심조차 없는데
나는 오늘도 의자를 기다리는 사람
기억하지 말아야 할 것을
애써 소환하는 사람
의자를 관(棺)처럼 떠받드는 사람
오래도록 동행해야 할 목숨과
매일매일 불화하는 사람
짙어지는 어둠과
푸르른 이끼를 끌어다 덮는 사람
그러니 나날이 봉분을 쌓는 어지럼증이여
의자를 경배하라
나는 오늘도
또다른 누군가의 추억으로 남을
뿌리 깊은 의자에 묻히노니,
아무도 나를 찾지 마라

누군가는 오래 그 자리에 머물렀다

당신이 남긴 따뜻한 덧니가
한 번도 방문하지 못했던 나무 아래를 지나갔다
아무것도 겪은 것이 없었던 것처럼
나무는 이마가 여기쯤이라는 듯
고개를 흔들며 서 있었다
푸른 소매의 아이들이 일시에 쏟아졌고
나는 거리의 왼쪽에서 오른쪽으로
서서히 멀어지는 천사의 날개를 보았다
아무도 내게 어떤 질문도 하지 않았고
누구도 내게 어떤 의문 따위는 없었다
이곳은 흰 공간에
아무것이나 채워넣은 것처럼
사람들이나 내가 단 한 번도 만나보지 못한
계절을 살고 있었다
그들도 이미 사랑을 고백한 계절이 있었고
몰상식한 책상의 계절을 건너왔다
누군가는 이마를 늘어뜨린 채 지나갔고
누군가는 오래 그 자리에 머물렀다

뼈대의 감정

뼈대를 가지는 것이 이토록 슬프다는 것을
왜 예전에 몰랐을까

말라붙어 검은 때가 낀 공중화장실 비누같이
양손으로 비벼도 거품이 일지 않는 공용 비누같이
가까스로 남은 생을 지탱하는 조각 비누같이

뼈대가 생긴다는 것
곧은 결을 갖게 된다는 것
자기 자신의 그늘에 서서
버티고 견디는 이에게 해당하는 거라고

어제는 바람이 방향을 바꾸어버린 침 뱉기 같고
내일은 연못에 송홧가루 떠 있는 것 같아서

공중화장실에서 하염없이 말라갈 비누와
뼈가 생기는 무척추동물의 진화에 참여하는 시간대에

하염없어라 이날이여
하염없이 늘어지는 티셔츠 낡은 목선이여

아침에 일어나니 오른쪽 눈에 다래끼가 생겨 있고
씻기지 않는 꽃가루는 강물 따라 흘러가고

비누는 비누의 이름보다 좀더 슬픔을 가진
뼈대의 감정에 가까워지고

여분의 사랑

나의 미소가
한 사람에게 고통을 안겨준다는 걸 알고 난 후
나의 여생이 바뀌었다
백날을 함께 살고
백날의 고통을 함께 나누며
가슴속에 품고 있던 공기마저 온기를 잃었다
초점 잃은 눈동자로
내 몸은 각기 다른 방향을 향해 고개를 돌렸다
우리의 세상을 펼쳐보기도 전에
아뿔싸,
나는 벌써 죄인이었구나
한 사람에게 남겨줄 건 상처뿐인데
어쩌랴
한사코 막무가내인 저 사람을……

백날을 함께 살고
일생이 갔다

이상한 의자

의자는 죄의식의 냄새를 갖고 있다

전생이 나무였거나 멸종한 짐승의 시체였거나
모체를 떠난 기억이거나
하나도 남김없이 버려야 하는데
나는 너무 늦었다

의자가 다시 의자가 아니었던 때로 돌아가기에는
너무 멀리 자기로부터 떠나온 것

아픈 나와 마주앉아 생각해보니
함부로 의자를 떠올리지도
함부로 의자를 해체하지도 못했던 내 지난날들이 모여
생애를 이룬 것을 알겠다

세상에 없어서는 안 될 의자를
어떤 이는 희망의 또다른 서자라고 하지만
그래도 나는 늦었다

의자라는 말이 있기도 전에
나는 늘 의자를 가지고 다녔으므로

내 의자는 항상 한쪽 다리가 기울어져 있다

나는 왜

나는 왜
치약을 이렇게나 많이 서랍에 쟁여두고
하루에도 서너 번 양치를 하면서
왜 이렇게 많은 치약이 필요한 걸까 생각하고
치약이 실신하듯 거품을 물고
제 몸을 쥐어짜면서
얻는 것이 대체 무얼까 궁금해한다

장난감을 가진 아이처럼
서랍 속 차곡차곡 넣어둔 치약을
종류대로 늘어놓아보는데
누가 대체 색색의 치약을 이렇게나 많이
만들어내는 것일까 생각하면서
나는 한 번도 박하향으로 정신의 허기를 채운 적이 없다는
사실을 깨닫는다

무언가를 씹고 갈고 물어뜯는
이의 세례식이라고 하자

미처 거품을 만들 겨를도 없이
쉽게 끝나버린 연애처럼
씹고 삼킬 건더기도 남아 있지 않은 나의 이 의식은
왜 내장 속 구석구석까지

구역질을 동반하는지

치약은 왜 약도 아닌데 치약인지
쥐어짤 물기 하나 없이
어제도 오늘도 부글부글 끓어오르고

나는 왜
치약을 이렇게나 많이
마치 단 한 번도 치약을 가진 적이 없는 것처럼

거룩한 독서

비석은
한 줄로 읽는 망자의 자서전

이름과 문중
그리고 매장 연도만으로도
일대기를 알 수 있다

자간은 좁고
행간은 넓다

짧은 주석 하나 없이
한 생애가
저리 일목요연할 수 있다니

저 두껍고 무거운 책 앞에선
누구도
비평을 달지 못하리라

헛글에 빠지다

내 속엔 용도를 알 수 없는
검붉은 여자들이 있어.
헛배만 빵빵하게 불린
불면의 밤을 건너는 여자가 있어.
눈 귀도 없고 팔다리도 없이
그저 헛배만 불룩한 불임의 여자가 있어.
블랙홀의 긴 산도를 통과하고도
헛심만 쓰는 여자가 있어.
복숭아 하나 담지 못하고
죽음의 냄새만 풍기는 여자가 있어.
평생 헛것만 보여주는
여자를 뒤집어쓴 여자가 있어.
담지 못할 거인을 담아놓고 괴로워하는
헛김만 쓰는 여자가 있어.
벌레조차 먹지 않을
헛글만 가득한 여자가 있어.
푸른 기차를 타고도
헛발만 내딛는 여자가 있어.
헛물에 코를 처박은
헛물 같은 여자가 있어.

애 인 들

비극의 순애보라고 쓴다

애인은 애인을 포기하지 못한다고 쓴다

숭고한 사랑은 과대포장이라고 쓴다

애인에게서 벗어나려고

나는 애인을 여의었다고 쓴다

캄캄 세상이 잠시 잠깐 멈추었다고 쓴다

자디잔 모래알들이 몸속을 오래 굴러다녔다고 쓴다

당신은 나를 영원히 잃어버렸다고 쓴다

어느 누구도 나를 구원할 수 없다, 라고 쓴다

엄마 때문에 잘 자란 애인과

엄마 없이도 잘 자란 애인이

모든 그림자의 시작이라고 쓴다

세상 모든 애인들이

내 생명의 근원(根源)이며 말단(末端)이라고 쓴다

먼지처럼

나도 이미 그 소리에 대해 들어본 적이 있다
다만 내게 먼지는 소리가 아니라
손끝에 만져지는 희미한 이름이거나
가슴속 분노처럼 쉽게 사라지는 것이 아니어서
먼지 앓는 소리를 찾아가는
여정의 끝에 끝내 도달하지 못한다
마치 그 소리는 내 영혼을 해석하는 거울 같아서
낯선 풍토와 낯선 이름 사이에서야
겨우 들을 수 있고 볼 수 있다
물론 나 아닌 그 누구도 그 암호문을 해석할 수 없겠지만
짐작만으로는 끝내 알 수 없겠지만
티끌 하나 없이 말갛게 오늘 하루도 가는데
어디서 먼지를 찾나
무엇으로 먼지의 배후를 추적하나

소리 없는 소리의 극한을 경험하기 위해
나는 결국 국경을 벗어난 적이 있다

담쟁이를 위하여
─아버지

당신의 빛나는 손바닥을 가진 적이 있지. 당신 손바닥 위에서 나는 검불처럼 잠들기도 했지. 당신을 열면 당신이 사라질까봐 나는 매일 뒷골목을 맴돌았지. 당신 손바닥에 있을 때만 나는 어린아이였지. 여전히 어린아이고 싶었지. 당신 손바닥에 달린 천 개의 창으로 나는 세상을 보았지. 당신 손바닥이 보여주는 뒷골목의 사람들은 아름다웠지. 당신을 열면 당신이 사라질까봐 나는 매일 붉은 벽에 서서 바람을 마셨지. 지독한 행복이었지. 당신 손바닥에 아로새겨진 그 빛나는 상처를 품고 나는 어른이 됐지. 어린아이고 싶은 어른이었지. 혼자서도 손바닥을 뒤집을 수 있는 어른이었지만, 나는 결코 손바닥을 뒤집을 수 없었지. 행여 당신 손바닥이 쏟아질까봐, 당신을 열면 당신이 사라질까봐 나는 주먹을 움켜쥐고 살았지. 그리운 기적 같은 버릇이었지.

수치(羞恥)

그것은 전속력으로 한 생을 덮어버린다

예고 없이 불쑥 솟아나
떨어지지 않는다
마음에 달라붙어
수시로 나를 곁눈질한다

내가 나에게서 발견한
내가 나에게서 멀어지게 한

전생과 내생을 돌고 돌아
이제야 눈에 보이는 것

나날이 어두워지는 내일처럼

약 먹을 때도
왼손으로 밥 먹을 때도
정리되지 않는 시구(詩句) 속을 헤맬 때도
내 곁을 떠나지 않는 그
깊고
검은 빛을
어찌 외면할 수 있겠어

수치는 이제 나의 힘
그것마저
사랑해야겠어

자두나무의 사색

갈망(渴望)에 대해 생각하느니
갈(渴)과 망(望)에 따르는 마음의 움직임에 대하여
순수하고도 티끌 하나 없는,
번져오고 번져가는
이 목마른 잎사귀에 대하여

무성한 손아귀로 숨통을 조여오는 칡넝쿨의 간절함은
어디에서 오는 것인지
자두나무는 생각한다
허공을 뜨겁게 달구는 저 촉수의 끝이
어디를 향하고 있는지

칡넝쿨에 온몸 내어준 채
자두나무의 사색이 붉다
누렇게 말라버린 잎사귀는 누구의 갈증인가
뿌리로부터 멀어질수록
더욱더 위험한 짐승이 되는
갈망

다시 생각하느니
마른 잎사귀에도 그늘은 지고
그늘은 결코 마르지 않느니

칡넝쿨의 결박이 견고해질수록
불타오르는 나의 갈망, 갈증 아니 너에 대하여

뱀딸기

어릴 적 나는 가끔 산딸기를 따러 뒷산에 오르곤 하였는
데, 치맛자락을 끌며 온 산을 선머슴처럼 헤집고 다니다 서
녘 하늘에 붉게 산딸기 물이 들 때면 풀밭에 누워 숙제하는
것도 잊고 하염없이 석양 너머 세상 밖으로 나간 엄마를 기
다리다 설핏, 잠이 들기도 하였는데, 그때마다 어김없이 산
딸기 넝쿨 속에서 초록뱀 한 마리가 내 치마 속으로 기어들
어오곤 하였는데, 뱀의 빨간 눈을 마주치는 순간 내가 너무
많은 산딸기를 탐해서 벌을 받는 것이라고, 내 입술이 너무
빨개서 뱀이 시기하는 것이라고, 뱀이 다 지나갈 때까지 나
는 치맛자락을 치켜올린 채로 맨다리에 똬리를 튼 소름과
싸워야 했다

재활용함

그의 검은 손이 집어올리는 것은 어제의 네 윗도리가 아
니라, 어제 그제의 네 구두가 아니라, 어제 그제 그끄저께
의 네 속옷들이 아니라, 젖내 풍기는 젖먹이의 배냇저고리
가 아니라, 네가 태어나기 이전 너와집 아궁이의 다 타버린
재가 아니라, 그가 가슴에 한아름 가득 안아 쌓아놓은 저것
은, 어제의 그가 울컥울컥 게우던 피울음이 아니라, 어제 그
제부터 갑자기 말라버린 피폐한 그의 육신이 아니라, 까마
득한 옛날 신의 분노로 범람하던 붉은 강물이 아니라, 우리
가 태어나 울고 웃고 다시 울음으로 몸을 부리고 돌아갈 어
느 생의 아픈 상처가 아니라, 그가 몇 아름이나 반복해서 부
려놓은 저것은, 트럭 위에 수북하게 쌓여 있는 저것은, 맞춤
처럼 착 달라붙어 떨어지지 않는 모든 기억의 추억의 토사
물*은 어떤 낱말로도 재활용되지 않을 저것은,

* 최승자 시인의 시, 「雨日 풍경」에서 따옴.

자화상
―겨울 연못

풍향계 같은 발자국만 남겨놓고
새들은 다 어디로 갔나
얼음 위에 찍힌 풍향계가
저 멀리 북국(北國)을 향해 치닫는 동안
나는 무엇을 했나

누군가가 던진 돌멩이가
얼음에 박혀 있는 겨울 연못
돌멩이가 반만 박혀 있다고
물고기가 반만 놀라는 것도 아닌데

물속을 들쑤셔서라도 고통을 확인하고 싶어
맨발로 어두운 바닥을 헤매고 싶어

풍향계가 반만 돈다고
북국이 가까워지는 것도 아닌데
새들은 왜 발자국을 남겨놓고 갔을까
나는 무엇을 남겨야 하나

누군가가 나를 향해 던진 돌멩이만
바닥으로 가라앉는
겨울 연못

이 악물고, 더 깊이 바닥으로 파고드는
돌멩이들

사람꽃

암 병동 외래 센터에
보라 꽃, 흰 꽃, 분홍 꽃이 활짝 피었다
얼굴이 얼굴을 감싸고
두건 꽃이 피었다

먼산이 저물어갈 때
홀로 빈산을 지키는 감국처럼
한 사람에 딱 한 송이씩
떼어내야 할 꽃잎들, 주름들을
헛웃음 속엔 감춘
저 사람꽃들을 보아라

자분자분 허공을 떠다니는 헛꽃들
흔들리는 중심을 감싸안으며
만개한 햇빛 속으로
웃음꽃을 피워올리고 있다

향기 없는 꽃이 천리를 가듯
꽃 지고 꽃 피는
저 사람꽃들의 천국으로
한 발 더 가까이
새들이 난다

작약꽃

엄마 무덤 곁에 첫 시집을 묻었다

시집 속 활자들, 꿈틀거리며 꼬물거리며
흙과 바람과 햇빛과 꽃과 엄마와
잘 사귀었을까
무덤가 작약의 내력까지 읽어내렸을까
시집 속 활자들을 받아먹고 작약은 붉은 꽃이라도 피웠
을까

햇빛 쨍쨍한 묘지에서
뭇별이 총총, 웃음의 왕국, 흔적과 한순간
시집 속 단어들을 떠올리다가
땅속 뭇별들의 안부를 궁금해하다가
세월에 마모된 대리석 책을 보았다

살아온 연도가 새겨진 활자들이
날개 하나뿐인 천사상과 무성한 향나무 그림자와
어울렁더울렁 서로 젖어드는 모습을 보니
저 책만한 무덤이 없겠다 싶었다
활짝 핀 작약꽃만한 무덤이 없을 것 같았다

일몰이 시작되고 있었다
서녘 하늘에 작약꽃이 붉게 피어올랐다

포도나무만 모르는 세계

찌그러진 주전자를 옆에 두고 한 아이가 웅크려 울고 있다
반나절이 다 익어가도록 흐느끼고 있다

비행기가 머리 위로 낮게 스쳐간다
발등을 타고 오르는 개미를 손가락으로 눌러 죽이다가
젖은 눈물자국이 말라가는 한낮의 아이

오랫동안 내 속에서 죽은 아이
지금도 포도나무를 보면 되살아나서
자전거 바퀴를 한 발로 돌리며 집으로 돌아가는 아이

태양 아래 포도나무 잎사귀만
무성하게 푸르고

포도만 알알이 보랏빛으로 물들어가고 있다

2부

다음에, 다음에 올게요

나를 위한 드라마

나는 한때 사람을 살았던 적이 있다

살아서 고통스럽던 기억은
씁쓸하고도
달콤한 드라마 같다

어제는 단맛만 골라 삼키고
오늘은 쓴맛만 삼켰다

아파서
면죄부를 받았다
그러므로

나는 열린 결말을 누구보다 사랑했다

다음 생만큼은 시대의 요구에 적극적으로 응답하리라

전생에서 죽인 사람을
현생에서 다시 죽였다

화창한 대낮에
기억의 사막에
죽은 시체를 버려두었다

여행가방에 까마귀 날개를 넣어두고
나는 한때 사람을 떠났다

거울 속에 머물다

하늘도 햇살도 공기도 낯선 곳으로
여행을 떠났다

홀로,

생소한 언어
생소한 음식들
생소한 사람들 너머

정말 생뚱맞게도 거울을 만났다

머리카락에서 발끝까지
속속들이 되비춰주는,
과거와 현재와 미래를 연결시켜주는,

사방에서 출몰하는 거울
실핏줄 환한 거울

거울 속 수많은 타인과
거울 속 수많은 변명이 모두
단 한 사람이었다

가물가물 졸지언정 결코 잠들지 않는 거울

깨지고 부서지고 피 흘려도 되살아나는 거울   —

한때 나는 거울 속에서 살았다
오랫동안 되돌아나오지 못했다

훗날의 장례식

주인공인
나만 없을 것이다
벅찬 고통을 감당하기 어려워
일찍 떠났으므로
엉킨 실타래 같은
검은 부재의 바람이 불고
태극기 휘날리고
잿빛 비둘기들만 구구거리며 하늘로 날아오를 것이다
무거운 공기가
이제 진짜 안녕이라며
작별을 고할 것이다
새 없는 공중으로 검은 비가 내릴 것이다
한가한 사람들도 오지 않을 것이다
주인공인 나만 홀로
슬플 것이다

멀리 피어 있는 두 장의 꽃잎

한 아프리카 아이가 엄마 품에 안겨 있다
이 세상 어느 침대보다 아늑하다는 듯이
땅에 굴러떨어질 듯한 커다란 검은 눈동자를 들어
간절하게 엄마를 바라보고 있다
가끔 입술을 옴죽거리는 것이
뭔가 할말이 있는 것 같다

아이의 윗입술과 아랫입술은
아주 멀리 피어 있는 두 장의 꽃잎
두 입술이 붙었다 떨어질 때마다
엄마는 청맹과니, 알아볼 눈이 없어서
엄마는 귀머거리, 들을 수 있는 귀가 없어서
주위가 잠잠, 조용히 들끓고 있다

어떤 달콤한 자장가로도 잠재울 수 없다
아주 멀리 피어 있는 저 두 장의 꽃잎

마지막 키스

전등 하나만큼의
조명 갓이 드리워주는 반경만큼의
입술

네 입을 열어라
빛이 어둠에 당도하는 시간이
네가 이곳에 머무를 유일한 기회이므로

네 입술에 묻은 이름을
밟고 지나가겠다

어둠의 속살이 저토록 눈부시니,

입술에 오래 닿은 이름은
뜨겁게
한자리를 고수중이겠다

바깥에서 안으로 짙어지는 어둠이란
변경할 수 없는 차선(次善) 같은 것

위험에 노출된 입술이
밤의 모서리로 번져가는

네 등뒤가
가장 캄캄하다   —

불면, 날아갈 듯한

모기 한 마리가 데리고 간 잠
한여름 해변의 해파리보다
무서운 모기
한 마리 모기가 죽어가면서 가져간
잠, 모기도 존엄한 생명이라는
깨달음의 불면
불면 속의 불면
불면, 날아갈 듯한 가벼운 하룻밤
환청으로 지새우는
밤, 어떤 평화든 서너 개의
배후를 거느리는 법
세상의 꿈이란 꿈은 모두
밤의 허리 아래에서 표류한다
나는 아직 그곳에 가닿지 못했다
방문을 막아서는
네 생각조차 이제 가물가물하다
물기 많은 잠을 닦아낸다
붉게 충혈된
절명 직전의 밤을 다시 일으켜 세운다

귀

나는 가장 아픈 귀였다
피부보다 민감한 통점이었으며
소음의 배후였다
고집이 세었지만
언제나처럼 뿌리는 없었다
나는 부적절한 귀가 지은 죄였다
부글거리는 문장을 오래 품고
발설하지 않는 인내는
절대 미덕이 아니었다
나의 내부가 늘 고요했다면
공사장 소음을 뚫고 들려오는
새소리를 들을 수 있었을 것이다
이따금 귓바퀴가 아파오고
구름도 작약꽃도
단풍나무 숲도
가장 아픈 문장을 엿듣고 말았다
처음과 끝처럼
후회는 결코 혼자 오지 않았다
세상의 한 귀가 부서지고
기우뚱 균형을 맞추려던 그때
나는 이 세상도 오래 앓았던 귀라고 믿었다

눈물의 뿌리

푸른장례식장 앞에
눈물 한 방울이 버려져 있었네

푸른 눈물방울 속에
어린 소녀가 주저앉아 울고 있었네
눈물에 업힌 눈물이
마른가지에 기대 있었네

검은 상복에 갇힌 사람들이
너무나 의무적인 발자국들을 맞이하고 있었네
인사도 없이 꺼져버린 뭇별들
눈물방울에 매달려
어디론가 흘러가고 있었네

입 밖으로 빠져나오지 못한 울음이
소녀의 얼굴을 삼키고 있었네
눈물의 뿌리가 자신을 지배하는 줄도 모르고
오직 우는 것에 최선을 다하는
어린 소녀

눈물에 업힌 눈물이
푸른 이파리를 피워올리는 저녁

그 어린 소녀는
몇 년 전 내가 버리고 온 내 영혼이었네

모란

모란은 누구의 상실이기에
저리 붉은가

모란의 세계에 든 사람 누구도
상처를 말하지 않는다

우울한 얼굴과
슬픈 눈매

모란에 가면
모란은 없고

모란모란 만개한 눈동자들이 피워올리는
뜨거운 눈물만 있다

소리는 없고
눈매만 깊은

저 충혈된 헛꽃들!

모란과 모반

눈동자의 반란이다
어떤 배후를 두지 않는 모반이다

밖보다 안을 파고든
투명한 눈동자들

처음과 끝도
언제나 난장이었다

결국 나를 다녀간 것은
죽음의 그림자 아닌가

허공을 떠도는
꽃잎들

눈동자의 반란과
어떤 배후를 두지 않는 모반을

보지 못할 것도 없지만
보지 말아야 할 것도 없다

밥상 위의 숟가락을 보는 나이

사람들은 가까운 사이임을 강조할 때
그 집 숟가락 숫자까지 다 안다고들 한다
그 말이 단순히 숟가락 숫자를 의미하는 것이 아님을
지천명이 되어서야 비로소 알게 되었다

내 생애는
두레밥상 위에 숟가락을 놓으면서부터 시작되었던 것
사라지고 다시 나타나는 숟가락들
어제 옆집 아버지 친구는
서낭당 언덕에서 돌멩이에 걸려 돌아가시고
건넛집 아이 엄마는 오늘 딸 쌍둥이를 낳았다

나도 이제 상 위의 숟가락에 숨은 배면을 들여다볼 수 있
는 나이가 되었지만

수저통에 가지런히 누워 있는 숟가락을
상 위로 옮기는 가벼운 노동을
아직 생각이 어린 아이들에게 시킨다
몸과 생각에 물기가 많은 아이들은
죽음과 생의 신비가 숟가락에 있다는 것을 아직 알지 못
한다

따닥따닥 말발굽 소리를 내며

아이는 상 위에 숟가락을 식구 수대로 가지런히 놓고 있다
눈대중으로 숟가락 숫자를 헤아려본다

가장 귀중한 숟가락을
나는 이미 스무 살에 잃었다

사월

이제 그만해도 되지 않냐고
네가 말했다
아이를 키우고 있는 어미인
네가 말간 눈동자로
나를 건너다보았다
정말 아무 사심이 없는 눈동자였다
나도 너처럼 의심도
의혹도 없는 눈동자를 갖고 싶었다
네가 머물고 있는 그곳이 어디인지
그곳은 어떤 사람들이
어떤 바다를 건너고 있는지
정말 알고 싶었다
'이제 그만'은 뭔가를 열심히 했을 때
최선을 다해 무언가를 궁구했을 때
하는 말, 나도 너처럼 열심히 사는 자의
아우라를 가지고 싶다 나도 너처럼
아이 키우는 어미의 마음을
잠시 이곳과 저곳에 간편하게 보관하고 싶다
그러니 이제 그만,
우리의 사월은 어디에 있는지
말해주겠니

유쾌한 가명

이곳에서라면 희망은
가을 풀벌레처럼 슬프게 울지 않을 것이다
분명 밤마다 꿈을 꾸고 싶을 만큼 절실한 희망은 아니었다
하지만 희망이 아닌 절망을 엿 먹이고 싶은 것도 아니었다
그래도 나는 소중한 축복을 받은 것처럼
선물을 거절하지 않았다
내게 있어 거절하지 않는다는 것이 가장 중요했다
당신이 내게서 치욕을 읽고 가고
또다른 당신은 눈먼 그림자를 읽고 갔다
나는 자주 희망의 빛깔에 물들었다
끝내는 내가 아닌 그녀의 모습에
나를 의탁하기도 했으니
한때 그녀의 몫까지 살아내기 위해서
이 꿈을 계속 가지고 있어야 한다고
나는 계속 그녀의 다른 그녀가 될 수 있을 것이라고
기도하고 또 다짐했다
그러므로 내 평생 가장 짧은 축복의 시절에도
슬픈 짐승처럼 울지 않을 것이다

다음에

슬쩍 가슴 한쪽 보여주고
황급히 옷깃을 사리는 말이 있다

온전한 정신도 낯선 치매도
노구(老軀)에 갇혀버렸다
누구도 따라 들어가지 못하는 검은 내부,
흰 머리칼이
허공을 향해 휘어지고 있었다

작은 교회 요양원이었다
백발 할머니들이 옹기종기 모여 있었다
마지막 씨앗까지 날려보낸 빈 대궁들
표정조차 닮아가는 의좋은 자매들

백주대낮에 긴 어둠 고여, 출렁이는 섬 같다
정신이 몸을 가두고
몸이 정신을 가두는
저, 아득한 섬과 섬 사이

몸밖으로 흘러나온 시간들
왜 생각하기 시작하면 잃는 것이 많아질까

그녀가 본 것은 늘 나와 함께 있다

아무것도 사라지거나 없어지지 않을 것이다

다음에, 하고 돌아서는데
너무 많은 다음에 치인 다음이
손사래를 친다
다음이 다음을 기다리는 줄 모르고
기다리는 다음이
영영 세상을 등지는 줄도 모르고
다음에, 다음에 올게요

소음의 대가

검푸르게 익어가는 포도밭 철탑 아래 앉아
우리는 비행을 배우고 비행을 꿈꿨다
줄지어 서 있는 비행의 행렬은 멀리서 보기만 해도 가슴
이 뛰었지만
비행은 그 어디로도 우리를 데려가지 않았다
간혹 정찰중인 비행이 사람들의 땅으로 너무 낮게 내려
오는 바람에
혼이 빠진 몇몇 아이는 경찰서로 달려가고
며칠 뒤 비행의 잔해가 구겨진 삐라처럼 뉴스의 헤드라인
을 장식했지만
그 모든 일은 마을의 비행 일지에 기록되었을 뿐
시간은 금세 또다른 비행으로 채워졌다
비행이 잦으면 잦을수록
사람들의 호주머니는 거액의 현금으로 부풀었고
수십 년 귓속에 쌓았던 비행의 흔적들은
급기야 비행의 자식들을 낳기에 이르렀다
우울한 아비도, 중뿔난 자식도 제 몫의 소음을 챙기기에
바빴으므로
비행은 언제나 탄탄대로
주야를 가리지 않는 비행으로 이미 배가 부른 마을 사람
들은
비행에 길들여진 까마귀처럼
단 한 번도 마을을 벗어나지 못했다

포시랍다*는 말

아버지의 나라에서 가장 빛나는 말
포시랍다는 말

포시랍다는 말을
입안에서 이리저리 굴리다보면
포슬포슬 고운 먼지가 일어날 듯하고
보드라운 솜사탕 한입 먹은 듯
몽글몽글 뭉게구름 하얗게 피어나
머리끝이 거꾸로 선다

포시랍다는 말의 온기로
그 말의 사랑으로
그 말의 넉넉함으로
나는 여전히 철딱서니가 없고

어느 날 포시랍다는 말, 에서
강제 추방당하고 나니
그 속에 든 사랑과 온기와 배려와
부드러움에게마저 추방당해
나는 세상 물정 모르는
가장 포시라운 사람이 되었다

* '곱게 자라 철딱서니가 없다'는 뜻의 경상도 사투리.

어느 발레리나의 오디션

짧은 오디션은 끝나고
긴 기다림만 남았다
다 펼쳐내지 못한 천사의 날갯짓이
자꾸 머릿속에 맴돈다

짧거나 긴
혹은 덧없는 순간의 호명 따윈
미처 생각할 틈도 없이
초췌한 얼굴을
바닥에 떨어뜨리며
시간은
유령처럼 온다

기다림에도 턴이 있다면
다시 돌아가
허공에 꽃을 그릴 수 있을까
천사의 미소를
온전히 보여줄 수 있을까
스스로
자문하는 사이

검은 망토 속에 가려진
두려운 시간이

점프
점프

지끈거리는 발목을 잡고
누군가의 일생이
점프를 꿈꾸고 있다

그냥 거짓말입니다

내게 서너 개의 가면이 있습니다
그날그날 쓰고 싶은 가면을 꺼내 씁니다
아무도 내 이름을 모릅니다
아무도 내 나이를 모릅니다
나도 나를 모릅니다
그래서 나는 행복합니다
그래서 나는 존재합니다
모두 이름으로 불리고
모두 나이로 재단되고
정말 가면은 필수불가결합니까
나를 모른 척하세요
나를 매몰차게 인정해주세요
가장 힘든 일은
효용가치 없는 가면을 버리고
또다른 가면을 마련하는 일입니다
나도 모르는 나는
그냥 거짓말입니다
있는 그대로
악의 없는 거짓말입니다
아무도 나를 모릅니다
나는 나입니다

해피 버스데이

고장난 스피커에서
여러 가지 다른 버전의 생일 축하 노래가 흘러나온다
어떤 위로도 해피 버스데이여야 한다면
이번 생이 내게 해준 일은 모두 해피 버스데이다
해마다 검은 옷을 입은 사람들이 내 생일을 데리고 갔다
지루한 하루와 종잇장처럼 가벼운 생일도 해피 버스데이다
구역질나는 혈통 따위는 나날이 해피하고
되새김질하는 태몽은 이미 빛바랜 해피 버스데이다
알고 보면 선택의 자유 없는 피의 신고식
매번 되풀이되는 생일이 존재할 이유는
살아남은 자의 존재 확인에 불과한 것
오늘도 나는 별일 없이
무사히 미뤄둔 죽음의 의식을 즐긴다
순서를 모르는 순서처럼
딸기 생크림 케이크의 촛불을 끄고
미끈거리는 미역국을 목구멍으로 삼킨다
행복한 나를 떠나지 않는
해피 버스데이
이 세상에서건 저세상에서건
나는 해피, 해피 버스데이

나도 모르는 삼 년 동안

한곳에 고여 있는 시간으로부터
멀어지기 위해
나는 차갑고 아련하며 요원한 말들과 함께
나도 모르는 삼 년 동안
헌책처럼 살았다

허리를 접고
꿈꾸듯
겨우 삼 년 살았을 뿐인데
그곳에서 삼 년이나 사셨어요?
네, 제가 없는 세상에서 벌써 삼 년이나 살았습니다
나머지 일생을 다 살아낸 것처럼
나는 또 아득해지는 것이다

평생 꾸어야 할 꿈을
한꺼번에 다 보아버린 날처럼
조금은 깊어진 눈매로 거울을 바라본다
나도 모르는 삼 년 동안
너무 먼 외딴섬이 되어버린 한곳
내가 들어가 폐만 끼치던*
캄캄한 얼굴

꺼져가는 불씨 앞에서

붉은 꽃 한 송이를 들고
단지 악다구니를 했을 뿐인데
대체 무슨 일이?

나도 모르는 삼 년 동안
나는 너무 멀리서

* 고영 시인의 시, 「못」에서 차용.

부드러운 교육

아이가 껌을 씹는다
껌의 실체, 껌의 본모습,
부드럽게 저를 받아주는 건 껌밖에 없다고
아이는 이미 껌의 수동성을 알고 있다
어쩌면 이미 온몸으로 체득하고 있는지도,
껌이 품고 있는 적극적인 수용이란
결국 자기 몸을 모조리 내주고
마지막에 비로소 얻어내는 것
껌 속 무수한 잇자국은
껌의 폭력성,
현실에 순응하며 아이가 껌을 씹는다
껌이 부드럽게 입안을 굴러다니고
껌이 부드럽게 잇자국을 받아내고
껌이 침과 뒤섞여 부드러워질수록
아이는 점점 뼈와 살이 단단해질 것이다
껌을 향한 인류의 집착,
껌처럼 부드럽게 몸을 숙이고
껌처럼 수십 수백 번을 씹혀도
아이는 자란다
껌처럼 부드럽게
껌처럼 수동적으로
풍선껌처럼 무럭무럭 가벼웁게 자란다

꽃피는 가면

송홧가루 덮인 연못 아래
어떤 얼굴이 숨어 있는지 말할 수 있다면
이번 생은 좀더 명확해질까

그늘과 이끼가 밀생하는 뒤란에서
어느 눈이 나를 지켜보고 있는지 알고 있다면
나의 하루는 조금 더 짧아졌을까

서로 다른 새소리들이
스치듯 지나가는 통로와
어깨를 부딪지 않고 연대하는
푸르른 나무들처럼
나는 조금 더 의연해야 했을까

오늘도 숲속 연못에 송홧가루 쌓여가고
내일은 내 머릿속으로 하얀 공이 굴러다닐 텐데

자꾸 눈앞을 가리며
꽃피는 가면 속 얼굴처럼

우리의 기억은 서로 달라

너는 동사서독에서 복사꽃을 보았다 하고
나는 그곳에서 푸른 바다를 보았다 했네
바다는 떠돌이를 부르는 주문처럼
보이지 않는 섬을 옮기면서 이동하고
정말 우리의 기억 속에서 사랑은 영원할까
우리의 희망도 동사서독 필름처럼 다시 재생할 수 있을까
우리의 기억은 모두 다르고
모래처럼 줄줄 흘러내리는 기억은
남은 인생을 어디에 의탁해야 할지 알 수 없으므로
나는 천상의 복숭아를 훔치는 동자처럼
기억을 믿어 의심치 않지만
기억 또한 나를 믿어 의심치 않기를 바랐네
나는 동사서독에 어떤 질문도 하지 않았고
너는 복사꽃 향기에 매혹당한 이십대를 보냈다 했네
그러므로 우리의 기억이 서로 합치하는 순간은
지금 함께하는 이 순간도 아닐 것이네

3부

의자가 여자가 되고 여자가 의자가 되기까지

의자를 버리다

오늘 나는 의자의 숨결을 버리려는 사람, 나는 의자에서 시작해서 의자로 끝나는 폐족(廢族)의 자손, 오래된 의자의 가계도를 그려본다, 낡고 초라한 의자, 팔꿈치 닳은 의자, 오늘 나는 의자의 그림자를 들여다보고, 의자의 별들과 의자의 태양과 의자의 뒷면을 떠올려보는데, 누구는 의자의 눈으로 보이지 않는 것을 보고, 또 누구는 의자의 귀로 들리지 않는 소리를 듣는다는데, 한 번도 나는 의자의 정체를 궁금해하지 않고, 한 번도 의자의 눈물을 기억하지 않고, 하지만 오늘 나는 의자의 노래를 듣고 있는 단 한 사람, 오늘 나는 의자의 검붉은 상처를 되새기는 사람, 당신을 위한 그리움이 오늘만은 죄가 되지 않고, 언젠가 우주의 티끌로 사라질 의자를 미리 버리는 사람, 의자의 그림자와 의자의 소리와 의자의 고독은 대체 어떤 영혼들을 불러모으는 걸까, 나는 이미 오래전에 의자를 저버렸던 사람, 모든 영혼은 각자 자기 안의 의자와 마주해야 할 순간이 있고,

시

원시 생물이 첫 눈을 뜰 때
딱딱한 캄브리아기의 시간을 뚫고
이제 막 새것인 시신경이 머리 주위로 모여드는,
몸 일부를 건네주고 눈 하나를 받을 때
껍질은 갈라터지고 환부를 찢어발기며
처음 통증을 마지막 통증으로 다독이는,
통증의 말단으로 온몸이 집중하는 순간
검은 눈망울이 빛과 어둠을 가르고
바깥세상과 만날 때
마침내 '보다'라는 의미를 가진
말의 물거품이 떠오르고
첫 눈빛 세례를 받은 바닷속
풍경 하나가 반짝, 반응할 때
세상이 드디어 어린 영혼의
외로움까지 감싸안으며 더욱 짙어지는,
한 생명이 자기 안의 어둠과 대면하는 바로 그 순간

구름들

구름의 얼굴은 보이지 않고
검은 발만 가지런하게 누워 있네
허드레 사람과 일심동체인
피붙이도 알아보지 못할 구름들
어떻게 하면 일가를 이룰 수 있을까
사람을 깔고 사람을 덮고 사람을 안고
고심하는 구름들의 연대
구름들의 아수라장
36.5도의 층적운은 혹한에도 쉽사리 사라지지 않는다는데
사람에서 빠져나온 희미한 구름의 흔적을 보고
곁눈질로 흘겨보고 총총히 걸음을 재촉하지만
그러든 말든 구름이여 영원하라
구름의 종교를 받드는 사람들
구름 없이
검은 구름의 부름 없이
잠시도 견디지 못하는 사람들
첩첩 구름 속에서 보낼 하루는 얼마나 편안하고 안온한가
구름을 소중히!
밤새 열에 들떠 중얼거리는 저 구름들

나의 뒤란으로

　숨겨둔 얼굴을 찾아 뒤란에 들었네 바람이 불 때마다 손
바닥을 뒤집으며 잡초들이 머리칼을 쥐어뜯으며 흔들렸네
고통의 시간을 다시 되돌리고 싶었네 매일매일 억눌린 얼굴
들을 감추며 뒤란은 깊고 더 어두워졌네 뒤란이 하는 일이
란 할 일 없이 그늘을 늘리는 일, 돌 틈 아래 쉼 없이 잡초
를 밀어올리는 일, 그늘보다 더 짙은 어둠을 끌어당겨 어제
보다 새파랗게 질린 얼굴로 숨어드는 일, 이끼보다 새파랗
게 바닥으로 젖어드는 너와 나의 얼굴들 이제 너와 나는 밀
생한 이끼의 혜택을 함께 누릴 자격이 없네 뒤란의 그늘 속
에서 수많은 접촉사고가 있었네 그늘의 경계가 풀리길 기다
리는 사이 우리는 영원히 초면이었네

가나안교회는 집 뒤에 있지만

골목길을 걸을 때
예수 믿으세요
매일 만나는 그녀
물티슈 한 봉을 건네준다

나는 당신의 어린양, 속죄의 기도를 올리기엔
내 두 손은 너무 많은 어둠을 더듬거렸고
내 두 눈은 검붉은 장미가 가득했다

매번 식탁 위에 쌓이는
가나안교회, 약속의 땅에 닿기도 전에
나는 먼저 그녀의 눈먼 충복이 되어버렸다

책상 위 먼지를 훔치거나
벽지에 말라붙은 모기 피를 닦아내거나
방바닥의 김칫국물을 제거할 동안
단 한 번도 가나안교회를 찾아가지 않았다

한 장씩 가볍게 손끝에 잡혀 올라오는
물티슈의 다양한 쓰임새를 되새기면서

가나안교회,
죄를 사하는 물티슈의 세례가

이토록 가볍다면 지금 나에게는 가장 필요한 게 아닌가　　—

내게는 가장 편안하고
가장 안전한 장소
가나안교회는 늘 집 뒤에 있지만

햇볕에 임하는 자세

세상에서 가장 아름답고 고결한 햇볕들이
지구별에 왕림을 하는가

양지공판장 앞 옹기종기 모여앉은 할머니들
무릎 위에 달랑 얼굴 하나씩 올려놓고
공손히 햇볕을 맞이하고 있다

영정에나 어울릴 법한 흑백사진들이 웃는다
잘 여문 호두알 같고
이리저리 엮어놓은 실타래 같다

입가에 새겨진 주름을 잡아당기면
곡진한 생애가 한 말쯤 술술 풀려나오겠다

한평생으로 풀지 못한 고통의 매듭들을
햇볕에라도 녹여 달래려는 심산인가

그림자에 물이 빠지는 줄도 모르고
땅이 꺼지는 줄도 모르고
햇볕을 영접하고 있다

빈 몸뚱어리 가득 노을을 쟁여넣고 있다

적막이라는 상처

적막은
꿈꾸는 자의 이름과 동일하다

다만 들을 귀와 마음이 없을 뿐

새벽 세시의 단면을 잘라보면
시간의 단층 사이
살아 움직이는 소리의 화석을 보게 될 것이다

적막이라는 붉은 상처를 본다

풀벌레의 시간을 지나
새의 시간을 지나
매미의 시간을 지나

적막은 결코 텅 비어 있지 않고
적막은 결코 눈멀어 있지 않고

적막은 귀 막은 몸을 향해 발언하는
빈틈없는 소리들이다

수박

붉은 뇌수로 꽉 찬 수박을 싣고
트럭이 왔다

수족이 다 잘려나가는 고통을 겪은 뒤에야
비로소 한 생애가 완성되는
수박

저 사내는 머리통만으로 일가를 이룬 사람이다

엽기적인 살인 사건의 전모가 드러나기 전에
어서 빨리 해치워야 한다고
붉은 뇌수가 곯아터지기 전에
서둘러 처분해야 한다고

몇 번의 짧은 흥정도 없이
옛소, 수박!
사내가 안겨주는 머리통을 받아들고
염치도 없이 돌아와

쓸쓸히 혼자 식탁에 둘러앉아
쩍 갈라터진 뇌수를
빨아먹는다

누군가가 나를 외면하고 있다

날이 저물고 있다.

내가 앉은 의자의 중심이 점점 꺼지고 있다.

해는 곧 수평선 아래로 꺼질 것이다.

죽음은 결코 서두르거나 지체하지 않아도 저절로 올 것
이다.

나는 매일 같은 시간, 같은 의자에 앉아 있다.

들판으로부터, 햇빛으로부터, 바람으로부터, 바다로부터
조금씩 멀어지고 있다.

한정된 생애가 풍경으로부터 벗어나려 할수록

의자의 중심은 나를 외면하고 있다.

고봉밥이 먹었다

조촐한 밥상 앞에 앉은 노부부의 겨울이 깊다
고봉밥이 갓 봉분을 올린 무덤처럼 높다

신김치 얹어
한입 가득 밥을 욱여넣을 때
앰뷸런스가 요란하게
쪽방촌의 저녁을 뒤흔든다

아뿔싸! 황노인이 기어이……

부풀었던 볼이 금세 꺼져든다

조촐한 밥상 위에
무덤이 둘

김이 다 식었다

행복한 하루

단풍나무에 기대앉아
백설기 먹고 물 마시고 토마토 몇 조각 먹는 사이

기껏
거미 두 마리
큰 개미 서너 마리
작은 개미 수십 마리 다녀갔다

며칠 전에 잘려나간 단풍나무 그림자 아래였다

벌레의 족속

어느 날 나는 신원 불명의 변사체로 발견될 것이다 뼈만 남은 주검과 대조적으로 함께 발견된 벌레들은 희고 통통할 것이다 쇠파리떼가 환영한다는 듯 윙윙대며 머리통 주위를 이리저리 날아다닐 것이다 검시실로 옮겨지고 행방불명의 이름들이 차례로 호명되어도 누구 하나 명확한 사인을 내리지 못할 것이다 함몰된 두개골에 고여 있는 마지막 눈빛이 3D 영상 속에서 안면 윤곽과 함께 되살아날 것이다 온몸의 뼈마디가 갑자기 표정을 얻더라도 내 주검은 아무런 의심도 질문도 하지 않을 것이다 어쩌다 국경 밖을 떠돌던 영혼이 실수로 불려나오더라도 아무도 추궁하지 않을 것이다 내일이나 모레도 나는 여전히 신원 불명 변사체로 남을 것이다 이미 오래전에 지워진 실종된 이름의 일부이거나 전부인 나는, 아마 벌레의 족속으로 기록될 것이다 틀림없이 그럴 것이다

촛불이 켜지는 시간

천장 높은 방 안에서
촛불을 대할 때의 자세는 경건해야 한다
제단에 타오르고 있는 촛불처럼
세상 모든 어둠은 촛불 쪽으로 몰려가 빛나는데
죄의 그림자에 기대어 말하지 마라
촛불이 켜지는 순간은
오래 뭉쳐져 있던 어둠이 제 상처를 드러내는 시간
형광등이나 백열등 아래서는
결코 들키지 않았을
그래서 촛불 받침에 촛농이 소리 없이
한 방울씩 떨어져내리고
전기가 없던 시대는
그러므로 죄의 색깔이 선명했던 시대
뚝뚝 돌아오르는,
맨손으로 바닥을 짚으며 일어서는
저 적나라한 죄와
상처를 어찌 외면하랴
그래서 촛불은 일찌감치
종교와 밀접한 비즈니스 파트너였을 것이고
가끔 촛불 아래 흔들리는
내 고백은 검은 그림자를 삼키는 것이었으니

미자가 돌아왔다

슬로베니아인지 슬로바키아인지
동유럽 저 먼 나라에 살던 미자가 돌아왔다
어그 부츠를 신고 떠났던 미자가
말간 뒤꿈치를 끌고
푸른 슬리퍼에 실려 왔다

동유럽보다 더 멀게만 느껴지던 서울에서
나는 아직 혼자 살고 있는데
사방팔방 벽뿐인 서울에서
마흔 살 변방에서
나는 아직 혼자 떠돌고 있는데

미자가 돌아왔다
양팔에 아이를 둘씩이나 부둥켜안고
커다란 모자 속에
방울뱀과 낙타와 수선화를 가득 담고
미세스 MIJA가 되어 돌아왔다

행주라는 거만한 강아지도 버리고
지현이라는 예쁜 이름도 버리고
세상에서 가장 아름다운 엄마가 되어
미자가 돌아왔다

페이지 터너의 시간

잠시 지상에서 유예된 시간
그가 나를 감독하는 시간
내가 나를 잊어버린 시간
잃어버린 예민한 그림자가 활약하는 시간
페이지 터너의 손이
무거운 십 년을
떨리는 손으로 조금씩 넘기는 시간
아아, 서서히
운명이 뒤바뀌는 시간
페이지 터너의 시간
나를 이곳에서 저곳으로
저곳에서 다시 이곳으로
페이지 터너의 커다란 손바닥을
느껴보는 시간
이제는 나를 다시 되돌아보는 시간
페이지 터너의 강림을
내 몸과 내 마음이
겸허히 받아들이는 시간

눈알만 굴러다니던 혁명 광장의 새처럼

매미가 빠져나가고 남겨둔 껍데기에는
별의 항로가 새겨져 있다는데

그것은 어떤 미지의 길을 엿본 자의 일갈이 아니었을까

내가 가는 곳마다 새가 따라왔다
노란 새 한 마리가
맑고 날카로운 새소리가
파닥거리는 날갯짓이
키 큰 야자나무의 둥지가
그늘을 버리고 그늘을 지으며 나를 따라왔다

나는 이미 실패했다
새의 시선은 점묘법처럼 선명하고
새의 발자국은 진흙 속에 박힌 듯 뚜렷했다

내가 너를 찾아나선 게 아니었으나
나도 모르게 너를 불러들인 것일 수도 있겠다

나는 밤새 새의 기도를 필사했다
어젯밤 꿈이 다가오다가 노란 새를 보고 도망갈 때까지
불면의 불침번을 섰다

마음의 지도를 함부로 열어 보인 것이 아니었다

새가 다녀갔다
밤새 눈알이 노란 새 한 마리가
내 몸에 깃들었다 사라졌다

이상한 잠적

옆집 여자는 매일 의자 위에 앉아 거의 움직이질 않는다. 창문을 열면 바로 눈앞까지 늙은 의자가 다가와 있다. 뚫어질 듯이 한곳만 응시하는 일, 그녀의 소일거리는 오로지 바라보며 기다리는 일이다. 기다리는 줄도 모르고 기다린다. 기다리는 일 하나만으로도 하루가 빠르게 지나간다. 의자가 여자가 되고 여자가 의자가 되기까지 그리 오랜 시간이 필요치 않다. 그녀는 점점 깜깜해져서 의자 속으로 묻혀버린다. 의자의 표정을 읽을 때까지 하루종일 그녀의 잠적을 바라본다. 잠적 속에서 잠적을 본다. 그녀라는 나라의 의미가 희미해질 때까지 바라본다. 너무 늙어서 깜깜해진 생애처럼 속내를 보여주지 않는 옆집 여자. 몇 번의 태양이 떴다 지고, 카리브해의 파도가 불러낼 때까지 늙은 의자에 앉아 깜깜하게 늙어가는 쿠바 흑인 여자.

비의 입국

공항엔 열대성 소나기가 내리고 있었다
시외버스 정류장처럼 소란스러운
소나기들의 집합소, 매끄러운 피부를 만지작거리며
뜨거운 공기 속을 떠도는
휘발유 냄새는 그리운 한 생을 돌이키는 듯했다
모든 게 조금씩 낡아 있었다
건물도, 간판도, 사람도
낡음의 미학에 동의하지 않는 것은 아니지만
굳이 낡음이 동의를 바라는 것도 아닐 것이다
낡아서 아름답기 위해서는
얼마나 많은 수치를 감내해야 하는지
낡음은 추함과 동음이의어처럼
세월에 따라 늙어가는 것
그날 내가 느낀 건 그리움 속에
숨어 있는 수치를 보아버린 것
날짜변경선을 넘어
내 안의 수치와 마주하는 순간
이미 나는 조금씩 낡고 병들어 희미해지고 있었다

나는 나조차 되기 힘들고

성공한 혁명은 넓은 광장을 거느린다
비현실적인 광활함에 압도당하는 건 시신경의 착각이라고
반신반의, 사회주의의 반전은 없다고
호세 마르티 동상이 내려다보고 있다

카리브해의 작은 섬을 저들이 지탱하고 있다는 듯
높은 혁명 탑 위로 독수리떼가 날아다니고 있다
위쪽 허공도 들끓는 삶의 한복판이어서
하늘에서 땅으로 내려온 영혼이 머뭇거린다
아직 자유의 피냄새를 풍기면서
몸통 없는 눈동자와 깃털이 대리석 바닥을 구른다

조금 더 삶의 경계에 가까운 나는
일상적으로 혁명 광장*을 가로질러 다닌다
필시 혁명이란 운명처럼 다가오는 것이어서
체 게바라도 카밀로 시엔푸에고스도
건물 앞 흉상으로 남아 있는 것일까
그들의 혁명은 네온사인으로 빛나는
무수한 밤과 무수한 사람을 광장으로 불러들였다

혁명 광장은 텅 비어 있어도 결코 비어 있지 않고
지금 여기 순결한 주검을 맞이하는
나와 혁명과 어떤 연관도 없었을 21세기는

또다른 혁명을 꿈꾸어야 한다는 데 동의할까

날로 새로워지는 혁명은 아직 한참 멀었고
사람답게 살아야 한다는 엄마의 유언도 이제 까마득한데
나는 저 광장의 겨자씨처럼 작고 작아
새는 정말 새가 되기 힘들고
나는 진정 나조차 되기 힘들고

* 쿠바의 수도인 아바나에 있는 광장, 시인이자 독립운동가인 호세
마르티의 동상과 쿠바 혁명의 주역인 체 게바라와 카밀로 시엔푸에
고스의 얼굴이 새겨진 건물이 있다.

천사가 아니어서 다행인

쿠바 국제 미술관 그림 속
천사들은 저마다 다른 곳을 보고 있었다
그중 한 천사는 심술궂은 눈으로 다른 천사를 노려보고
있었다
천사들도 자기만의 취향과 감정이 있다는 걸까

내 안의 천사를 강조하는 건
몸안의 나쁜 피를 건드리는 일

천사에 어울리는 착한 겉모습 속에
뱀처럼 독 오른 마음이 자라고 있다면
언젠가 스스로 제 뒤통수 칠 기회를 노리고 있다면

벽에 그려진 천사의 날개를 달고 사진을 찍는 사람들
감히 천사라 불리길 원할까

천사와
천사와 닮은 그 어떤 이름과 내가
천성적으로 가까워지지 않아서 정말 다행인

창 너머 황야의 꽃을 보듯
지상에는 오직 천사라 명명하는 사람만 있으니

사하라

나의 사랑은
불타는 사막을 건너 푸른 눈의 낙타와 함께
사하라 군주의 몰락을 지켜보았다

사하라 제국의 불경(不敬)한 군주에 대해 이야기하자면
아쉽지만 총성이 끝나기를 기다려야 한다
그것이 내가 사하라를 사랑하는 나만의 방식
달의 분화구에 고인 맑은 물속에서
천년 전의 시간들이 용솟음칠 때까지

도마뱀이 잘라먹은 꼬리의 시간들과
타조가 삼킨 슬픔의 시간들과
붉은 햇덩이를 받아먹고 괴로워하는 늪 속의 시간들과
가마우지의 검은 낯빛에 고인 시간들과
말라버린 바오바브나무의 신성한 시간들과
터번에 핀 재스민의 시간들과
포연 속에 찍힌 지프 바퀏자국의 끝없는 시간들과
오아시스를 찾아 헤매는 목마른 시간들과
그 모든 것을 집어삼킨 모래폭풍의 시간들을

나의 사랑은
푸른 눈의 낙타와 함께
사하라 군주의 몰락을 묵묵히 지켜보았다

나는 새들의 나라에 입국했다

나는 아무래도 새들의 나라에 입국한 것이 틀림없다
시가 향 무성한 공동묘지에서
카스트로의 동상에서
이국의 아이들 목소리에서
끊임없이 새소리가 들려오는 것을 보면
나는 아무래도 천사들의 나라에 입국한 것이 틀림없다
하늘에서 쫓겨난 천사들의 아름다운 목소리
음가를 동반한 그 노래만으로도
나의 아침은 행복하고 나의 나날은 분주하리니
나는야 새들의 나라에 무임승차한 사람
새들의 노래가 간절한 사람
나는 아무래도 새들의 족속임이 틀림없다
혁명 광장을 지키는 독수리떼의 지친 울음소리가
이토록 내 어깨를 누르는 것을 보면
이토록 내 마음을 울리는 것을 보면
나는 아무래도 새들의 나라에 입국한 것이 틀림없다

사람은 죽지 않는다 —

이영광(시인)

1.

지난해 이른봄 배영옥 시인의 두번째 시집 발문 집필을 부탁받았다. 뜻밖의 청에 대해 대화를 나누다가 나는 시인의 환후를 알게 되었고, 부탁이 그이의 의사였음을 듣고는 승낙했다. 시집의 발문이나 해설을 써본 적은 없었다.

몇 달이 지나 6월에 몇몇 시인들과 더불어 투병중인 그이를 찾아 단양엘 갔다. 찾아가지 않으면 안 될 정도로, 어쩌면 찾아가선 안 될 정도로 위중하다는 느낌에서였다. 이것은 시인을 돌보며 같이 지내던 사람의 정확한 판단이기도 했다. 덥고 서늘한 날이었다.

우리들은 만난 지 스무 해가 돼가는 터였다. 배영옥 시인이 대구매일신문 신춘문예로 등단한 1999년 초봄에, 시단 초년병들이 서로 연락을 주고받아 회합을 가진 적이 있다. 알음알음의 인연들로 윤곽이 잡힌 그 모임의 참가자들은 강혜미, 고찬규, 권혁웅, 박해람, 배영옥, 손택수, 여정, 유종인, 이영광, 이장욱, 진수미였다. 이 모임은 곧 '천몽'이란 이름의 느슨하고 정겨운 동인이 되었다. 얼마 뒤에는 김언, 김행숙, 배용제, 이근화, 이기성, 이미자, 정재학, 진은영, 황병승이 합류했다.

모임은 광화문 사거리 근처의 지하 음식점 '웰던스'에서 꾸준히 이어졌다. 대개가 시인 면장을 받은 지 얼마 되지 않았던 때여서, 작품 발표나 시집 간행에 뜻을 두었다기보다는 습작기의 버릇대로, 우리는 합평을 했다. 배영옥 시인은 다른 동인들보다 더 띄엄띄엄 습작을 들고 왔던 것 같은데, 나는 그 시편들이 소박하되 진중한 것이었다고 기억한다.

그이는 조용하고 수더분한 느낌에 더해 매사에 조심스러웠다. 무슨 잔치나 행사 같은 데서 모두들 입장한 다음에 슬그머니 들어와 혼자 뒷전에 가만히 앉는 사람 같은, 아니 제일 먼저 들어왔는데도 큰 기척 없이 맨 나중에야 일어서는 사람 같은 분위기를 풍겼다. 조용하지만 명랑하기도 해서, 격정을 가졌으면서 누르고 있는 듯한 느낌을 주었다.

나는 곧 모임을 그만두었다가 십여 년이 지나 다시 나가게 됐는데, 배영옥 시인은 변함없이 그 자리에 수더분하게 나와 앉아서는 또, 반갑게 맞아주었다. 배영옥 시인이 동인 모두의 숨은 지주와 같았던 것은 그 한결같음 때문이 아니었을까 싶다. 그 후의 회합들과 더불어 그이가 쿠바로 떠나기 전과 돌아온 후의 만남들이 기억난다. 그리고 2013년에, 손택수 시인의 어느 문학상 수상을 축하하는 자리에서의 대화들이 기억난다. 그때 그이는 그이의 선생님 얘기를 많이 했다.

이것이 배영옥 시인에 대한 나의 오래된, 그리고 가장 최근의 기억들이다. 오래 묵힌 호감 또는 믿음의 끈이 그이와 나 사이에 줄곧 이어져왔던 것 같다.

2.

　다시 펼쳐보는 배영옥 시인의 첫 시집 『뭇별이 총총』(실
천문학사, 2011)의 페이지들은, 시골 소읍의 외진 풍경과
가족 및 주변 인물들을 등장시킨 성장기의 기억들을 포함하
여 사물과 인간에 대한 세심한 묘사들을 전시하고 있다. 그
리고 어머니의 죽음에 대한 아픈 반추의 시간이 새겨져 있
다. 이 사건은 시인의 삶의 지향과 시의 정조를 일찍부터 틀
지운 조건이자 요인이었다. 시인의 산문집에는 이에 대한
소회가 비교적 소상히 적혀 있다.

　스무 살에 엄마가 세상을 떠났다. 나는 학교를 휴학하
고 마음의 병으로 몸의 병을 불러내었다. 아무리 이십대
가 반짝이는 시절이라 해도 나는 다시 이십대로 돌아가고
싶지 않았다. 애도의 시간은 길고 길었다. 시를 쓰면서 나
는 조금씩 화해를 하기 시작했다. 진정 강한 사람은 상처
를 딛고 다시 시작하는 사람이며, 상처는 상처로 남겨두
어야 한다는 말을 인정하기까지 얼마나 오랜 시간이 걸렸
던 것일까.[1]

---

1) 배영옥, 『쿠바에 애인을 홀로 보내지 마라』, 실천문학사, 2014,
112면.

이 소회의 행간은 깊고 흐릿하다. "마음의 병", 그리고 "상처"와 "화해"라는 말에서는 슬픔과 한몸을 이루고 있는 어떤 죄의식의 그늘이 어른거리기도 한다. 그러나 죄의식은 슬픔이 불러오는 것이기도 하다. 섬세한 영혼은 혈육의 죽음이라는 뜻밖의 사태에 자신을 연루시킴으로써, 즉 스스로를 벌하고자 함으로써 더 깊이 앓으려 한다. 시력의 전 기간에 걸쳐 시인은 떠난 어머니의 품속에 있었다. 아래의 시에서 화자는 어머니의 죽음과 자신의 죽음을 거의 같은 것이라 여긴다.

　　스무 살 때 나는 이미 세상을 버렸다
　　상복에 파묻혀 울지도 못했다 나는, 속에 것 다 게워내고
　　우황청심환을 먹었다

　　나는 이미 오래전에 죽어 있었던 것,
　　죽어 있는 울음을 다시 불러들이는 어떤 방법도 알지
　　못했다
　　죽음과 울음 그 불가분의 관계를 깨뜨리고 싶었다
　　나는 내 핏속에 흐르는 불협화에 감사했다
　　　　　　　　　　　　　　　　—「풀밭 위의 악몽」부분

그리고 그 후로도 오랫동안 자신은 "죽어 있었"다고 단언

107

한다. 그의 죽음은 '울음의 죽음'으로 표현된다. '죽음의 울음'은 그에게 '울음의 죽음'이란 장애를 초래한 것이다. "마음의 병"이 불러낸 "몸의 병"이란 이 사태를 뜻하리라. 울지 못하는 것은 곧 울지 않으려 하기 때문인데, 이 "불협화"의 고수가 곧 "상처"이자 상처와의 관계이기도 하다. 시의 뒷부분은 이렇다.

　　그러던 어느 봄날이었다
　　단지 풀밭 위를 걷고 있었을 뿐인데
　　노랗게 들뜬 민들레꽃들이 일제히 나를 쏘아보는 것이었다
　　우황청심환 금박지 닮은
　　샛노란 꽃 모가지들의 어질머리 성토
　　그건 당신이 내게 보내준 추상같은 일갈이었다

　　너무 늦게 찾아온 고향 풀밭

　　내부에서 외부로 번지는 파장에 끌려
　　울다가 걷다가
　　나는,
　　눈물도 강이 되어 흐른다는 것을 알게 되었다

"민들레꽃"들이 불러온 "우황청심환 금박지"의 기억은,

이를테면 오래된 체증의 뚫림 같은 것이 되는 듯하다. 이 체험을 어찌하여 "악몽"이라 했는지는 알기 어렵지만 화자는 오래 잃었던 울음을 되찾는다. 그것은 꽃이 불러온 과거의 아픈 기억의 갈피에서 "당신"의 목소리를 들음으로써 가능해졌다. 그 내용은 살아가라는, 또는 살아나라는 당부였을 것이다. 불협화의 고통은 넘치는 협화의 눈물로 흐르고, 그렇게 죽음과 울음이 다시 불가분의 것이 된 곳에서 그는 이제 살아갈 기운을 얻는다.

「연꽃」「만월」「유쾌한 성묘」로 이어지는 애도 시편들의 정회는 죽음의 얼굴을 보고 죽음의 목소리를 듣는 듯 애절하고 서늘하다. 이들을 포함하여 죽음 모티프를 섬세하게 변주하는 시편들은 대체로 공들여 빚어낸 서정시들이어서 정념의 분출이 없지 않은 채로 발상과 발성 양면에서 단정한 틀과 결을 지니고 있다. 배영옥은 형식을 중시하는 시인이다. 그의 시에서 주를 이루는 것은 사물과 사물, 사물과 인간 내면과의 유추를 통한 서정성의 구현이지만, 역시나 눈여겨볼 것은 시적 대상들에 대한 매우 세심한 관찰과 묘사이다. 조용하고 신중한 시인 자신의 풍모와 이 시선 및 필치는 이상스러우리만큼 일치하는 것 같다. 나는 이것이 저 오랜 애도의 시간 속에서 빚어진 태도와 방법이라 본다. 시인은 "성대"를 "꽃잎"에 비유한 어느 작품에서 "내 손으로/ 눈 닫아걸고 귀 닫아걸고 입 닫아걸고 십 년이 지났"고, "너라는 꽃을 지우기 위해/ 나는 얼마나 긴 침묵과 싸워야 했"(「너라는

꽃을 지우기 위해」)던 사태에 대해 적고 있다. 애도의 불가
능성과 싸우며 그이는 길고 오래된 침묵의 고통을 앓았다.
그에게 친숙하고 그가 잘 할 수 있는 것은 '보는' 일이었던
것 같다. 그리고 보는 일이란 시선의 밖과 안, 대상과 내면
을 동시에 본다는 뜻이다.

> 복사기에서 새어 나온 불빛이 내 얼굴을 핥고 지나가고
> 시린 가슴을 훑고 뜨겁게 아랫도리를 스치면
> 똑같은 내용의 내가 쏟아져 나온다
> 숨겨져 있던 생각들이, 내 삶의 그림자가 가볍게 가볍게
> 프린트되고, 내 몸무게가, 내 발자국들이
> 납작하고 또렷하게 복사기 속에서 빠져나온다
> 수십 장으로 복제된 내 꿈과 상처의 빛깔들이
> 말라버린 사루비아처럼 바스락거린다
> 살아서 꿈틀거리는 어떤 삶도 다시 재생할 수 있으리
> 깊고 환한 상처의 복사기 앞을 지나치면
> 누군가 나를 읽고 있는 소리,
>
> ──「누군가 나를 읽고 있다」 부분

　화자는 꺼진 복사기를 켜서 자기를 복사한다. 복사기 불
빛은 얼굴과 가슴과 몸을 가리지 않고 찍어낸다. 생, 그러니
까 "꿈과 상처의 빛깔들"까지 재생해낸다. 이 복제는 무한
복제이다. 무한 복제 속에 "나"는 없는 것이어서 꿈과 상처

는 벌써 마른 꽃처럼 바스락거리는데, 복사기는 과연 살아 있는 것이기만 하면 그게 무엇이든 다 재생할 수 있는 걸까. 재생은 가상의 생산에 그칠 것이므로 이 문장의 아이러니에는 벌써 젖은 목소리가 배어난다. 그러나 상처 많은 화자는 "상처의 복사기" 앞을, 최대한 천천히 지나가고 싶어하는 것 같다. 읽히고 싶다, 들키고 싶다고 생각하지 않았을까.

　관찰과 묘사는 배영옥 시인의 특장이고, 그가 대상으로 삼는 것은 주로 꽃과 새와 나무를 비롯한 자연물들, 그리고 맨발의 노숙인이나 병든 노인들이나 가여운 동물들이다. 이 시편들에서 특히 눈길을 끄는 것은 묘사가 지극해지는 곳에서 문득 출현하는, 미묘한 시적 감각의 의미론적 파장이다. 할머니가 끌고 가는 유모차의 벽돌 한 장을 그리다가도 시인은 "허리 한 번 펴고 더 굽어지는 할머니"(「벽돌 한 장」)의 다음 행보를 기민하게 감지하고, 아래의 사례들에 보이듯,

　　자작나무 위에 앉아 있던 새 한 마리
　　이리저리 옮겨 다니다
　　금세 날아가버린다

　　바람 한 올 없는 가지 끝 남겨진 이파리들
　　저들끼리 몸을 비비고 있다

누군가 떠난 흔적과
누군가를 떠나보낸 여운이
자작나무 밑둥까지 뒤흔들고 있다

저 혼자 말라가는 이파리 그림자들
저 혼자 흔들리는 그림자 이파리들

　　　　　　　　　　　—「여운에 기대다」 부분

새가 하늘 높이 떠 있을 때, 공기의 틈들이
날개 주위로 몰려드는 거야
그래서 새는
정지 상태에서도 날 수 있는 거야

날갯죽지에 모여든 공기에
제 몸을 맡기고
조금씩 투명해지는 거야

　　　　　　　　　　　—「그래서 새는」 부분

"흔적"이나 "여운"과 같은 무형의 기미에 "이파리 그림자"
"그림자 이파리"와 같은 빼어난 이미지를 부여하기도 하
며, 역시 무형의 사물인 "공기"를 세밀한 형태와 움직임으
로 그려내기도 한다. 직관과 상상력의 힘에 조심스럽게 사
유와 감각을 맡기면서 시인은, 묘사는 보이는 것에 대한 상

상이고 상상은 안 보이는 것에 대한 묘사라는 믿음을 밀고
나가는 것 같다.

3.

두번째 시집인 『백날을 함께 살고 일생이 갔다』는 2011년
이후의 시편들을 주로 묶은 것이다. 최근에 내게 도착한 이
시집은 적지 않은 분량에 단순치 않은 모색의 자취를 담고
있어 요약이 쉽지 않다. 첫 시집 이후의 시작(詩作)에 대한
고심과, 뜻밖에 쿠바를 다녀오고 강의를 하고 기행 산문집
을 내고, 시를 쓰면서 병과 싸우고 병과 싸우며 시를 쓴 시
간의 기록이 빼곡히 여기 들어 있다. 시인은 그의 마지막 나
날에도 애써 죽음을 조금 적고 힘써 시를 많이 적으려 했던
것 같다. 물론 내가 그 죽음을 가벼이 적을 수는 없다.
첫 시집에 좀더 두드러졌던 바깥을 향한 시선은 이 시집
에서는 역력히 내면을 향하고 있다. '쿠바 시편'들에서처럼
객관적 묘사의 필치가 보이지 않는 것은 아니나, 시인의 주
된 관심은 한결 어두워진 내면 공간에 대한 깊은 응시와 그
것의 중층적 구축 또는 탈구축에 놓여 있다. 이는 크게 시와
죽음과 사랑이라는 세 영토를 중심으로 전개된다.

   원시 생물이 첫 눈을 뜰 때

딱딱한 캄브리아기의 시간을 뚫고
이제 막 새것인 시신경이 머리 주위로 모여드는,
몸 일부를 건네주고 눈 하나를 받을 때
껍질은 갈라터지고 환부를 찢어발기며
처음 통증을 마지막 통증으로 다독이는,
통증의 말단으로 온몸이 집중하는 순간
검은 눈망울이 빛과 어둠을 가르고
바깥세상과 만날 때
마침내 '보다'라는 의미를 가진
말의 물거품이 떠오르고
첫 눈빛 세례를 받은 바닷속
풍경 하나가 반짝, 반응할 때
세상이 드디어 어린 영혼의
외로움까지 감싸안으며 더욱 짙어지는,
한 생명이 자기 안의 어둠과 대면하는 바로 그 순간
                                    —「시」 전문

　시의 탄생을 적은 이 시의 역동적 묘사는 어둡고 뜨겁고
아름답다. 그것은 시원의 시간과 최초의 몸이란 비유를 빌
려서 시의 깊고 아득한 발화점을 잡아채고선, 결국은 우리
앞에 펼쳐 보인다. 화자는 몸을 내주고 보는 "눈" 하나를 얻
는 일을, 캄브리아기 작은 생명의 탄생 과정으로 적는다. 맹
아는 작고 여리지만 사력을 다해 자기를 빚어낸다. 몸을 주

는 것도 고통이고 눈을 뜨는 것도 몸을 찢는 고통이다. 통증을 통증으로 이겨내야 하는 개안(開眼)의 순간에 섬광이 점멸하는 "말단"이야말로 해방의 첨단 아니겠는가. 그 이름 없는 생명체의 몸속에서 "검은 눈망울"이 켜지고, '보는' 일과 보이는 풍경 사이에 언어의 첫 희망이 피어나는 이 순간, '시의 눈'은 놀랍게도 안팎을 동시에 본다. 그 눈은 심해의 이름 모를 "풍경"으로 쏘아갔다가 탄환처럼 "자기 안의 어둠"으로 돌아온다. 나는 이 어둠과의 "대면"이 시가 탄생하는 순간이고, 시인이 삶의 오래된 괴로움과 두려움을 힘써 꿰뚫게 되는 신비의 시간인 것만 같다.

물론 그 전에, 죽음에 대한 기록들은 투병기의 시간이 겹쳐지면서 때로 고통의 맨살을 드러내거나 파괴적인 절망감에 젖은 목소리를 흘리기도 한다. 그것은 자신의 죽음을 두고 "신원 불명의 변사체"에 "벌레의 족속으로 기록"(「벌레의 족속」)되리라고 자학하거나, 병통의 시간을 "절명 직전의 밤"(「불면, 날아갈 듯한」)이라 기술하는 데서 뚜렷이 보인다. 시인은 또 짙어가는 예감 속에서 자신의 장례식엔 "주인공인/ 나만 없을 것"이며, "주인공인 나만 홀로/ 슬플 것"(「훗날의 장례식」)이라 한탄하기도 한다. 하지만 더 깊어지는 실존적 고뇌의 시간 가운데 죽음은 특별한 성찰의 대상이 되어간다.

날이 저물고 있다.

내가 앉은 의자의 중심이 점점 꺼지고 있다.

　　해는 곧 수평선 아래로 꺼질 것이다.

　　죽음은 결코 서두르거나 지체하지 않아도 저절로 올 것
이다.

　　나는 매일 같은 시간, 같은 의자에 앉아 있다.

　　들판으로부터, 햇빛으로부터, 바람으로부터, 바다로부
터 조금씩 멀어지고 있다.

　　한정된 생애가 풍경으로부터 벗어나려 할수록

　　의자의 중심은 나를 외면하고 있다.
　　　　　　　　　　　　—「누군가가 나를 외면하고 있다」 전문

　　배영옥 시인의 두 시집 전부에서 "의자"를 다룬 시를 여럿
볼 수 있다. 의자는 물질성과 정신성이 미묘하게 결합된 메
타포이다. 첫 시집 '시인의 말'의 "아무도 거들떠보지 않는
의자에 앉아 누군가를 애타게 기다린 적이 있다"나 훗날에
다시 "그 의자에 앉아 또 누군가를 기다릴 것"이라는 문장들
을 볼 때, 의자는 어떤 불분명한 대상에 대한 끝나지 않을 기

다림이 육화된 사물이라 짐작해볼 수 있겠다. 기다림은 생의 갈망인데, 갈망을 일으키는 생의 결여가 곧 생이 아닐지. "함부로 의자를 떠올리지도/ 함부로 의자를 해체하지도 못했던 내 지난날들이 모여/ 생애를 이룬 것"(「이상한 의자」)이라면, 자신을 "의자를 기다리는 사람"이나 "의자를 관(棺)처럼 떠받드는 사람"(「또다른 누군가의 추억으로 남을」)이라 여기는 구절들은, 이제 엄습해오는 죽음을 보며 앉은 채로 서서히 자진해가는 사람의 나직한 유언이 아닐지. 이처럼 의자는 삶의 자리이자 죽음의 장소이다. 그것은 또 혈연의 지층에 얽힌 목숨의 끈질긴 연쇄로서 더 추궁하면 어떤 운명의식에 접근하기도 한다. "오늘 나는 의자의 숨결을 버리려는 사람"과 "나는 이미 오래전에 의자를 저버렸던 사람"(「의자를 버리다」) 같은 문장은 어둡지만, 죽음과의 투쟁이 격화되는 가운데 배영옥 시의 화자는 혼곤한 정신을 가누어 뜻밖의 지혜를 찾는 듯하다.

그이는 이전에도, 지금 여기 존재하는 '나'는 내가 아니라는 의식을 늘 지녀왔다. 그것은 "나는 진정 나조차 되기 힘들고"(「나는 나조차 되기 힘들고」)나 "제가 없는 세상에서 벌써 삼 년이나 살았습니다"(「나도 모르는 삼 년 동안」) 같은 문장들에 스미어 있다. 이 분열의 기미는 자신의 존재와 자신의 삶의 현재를 죽음 저편과 나누면서 넓히는 인식, 그러니까 삼세인연(三世因緣)의 그물망에 담으려는 상상적 시도로서, 시간적으로나 공간적으로 어떤 "열린 결말"(「나

를 위한 드라마」)을 얻는 것 같다. 이 상상 세계는 "수치"라
는 그늘진 감정이 "전생과 내생을 돌고 돌아/ 이제야 눈에
보이"(「수치(羞恥)」)고, 인간의 "과거와 현재와 미래를 연
결시켜주는 거울"(「거울 속에 머물다」)이 출몰하며, "과거
와 미래의 다른 얼굴이 나를 찾아"(「위성」)와서는 함께 걷
는 윤회의 시공이다.

　　　필자는 없고
　　　필사만 남겨지리라

　　　표지의 배면만 뒤집어보리라

　　　순환하지 않는 피처럼
　　　피에 감염된 병자처럼

　　　먼저 다녀간 누군가의 배후를 궁금해하리라

　　　가만히 내버려두어도
　　　여전히 현재진행형인 나의 전생이여

　　　마음이 거기 머물러

　　　영원을

돌이켜보리라

　　시의 행간은 멀고 문장들은 힘찬 예언 투다. 그 내용은 다
소 모호하다. 어느 미래의 "시집"에 쓴 사람은 없고 시만
있다면 그곳은 화자 자신이 부재하는 시간대가 아닐까. 표
지의 뒷면에도 그는 없을 테니 누군가는 상한 "피"와 그것
으로 인해 병들어 떠난 "필자"의 생의 "배후"를 또 궁금해
할 것이다. 부재는 곧 부재의 현존이니까. 시인은 사라지지
않고 다만 시의 뒤에 숨을 뿐이라고 화자는 생각하는 것 같
다. 이 생각 속에서 "나의 전생"이란 금생에 내재한 어떤
낯선 시간이며, 또 내생의 어느 지점에서 돌아보는 금생의
삶이 된다. 그 '현재적' 시공("전생")에서 '돌이켜보는 영
원'은 곧 과거, 현재, 미래의 견고한 시간적 연쇄에 가까울
것이다. "나를 이곳에서 저곳으로/ 저곳에서 다시 이곳으
로"(「페이지 터너의 시간」) 옮겨놓는 "페이지 터너"의 손
길이 바로 이 시간 여행을 가능하게 해준다. 그것을 "받아
들이"는 순간이 이 시집의 죽음에 다른 생의 가능성이 수
혈되는 때일 것이다. "훗날의 시집"은 바로 오늘의 시집이
기도 한 것이다.

　　우리는 "훗날/ 네게만 말해줄게"(「암전—고영 시인에게」)
에 깃든 다음 생의 사랑을 알지 못한다. 알 수 있는 것은, 그
것도 짐작이나 해볼 수 있는 것은 마음뿐이다. 그곳에 가서

할 말을 지금 여기서 기약하는 사람은 다음 세상을 알까. 그
역시 모를 것이다. 아니, 그렇게 말할 순 없을 것 같다. 드
물게 어두운 이승의 시간에 영혼의 비약을 꿈꾸었던 저 시
간 여행자라면 알 수도 있을 것이다. 우리는 이 시집의 신
음 같은 연시들이, 생사의 아득한 간격을 앞에 둔 사람이 안
간힘으로 건져올린 희망의 조각들임을 벌써 알고 있다. 힘
을 다해야 겨우 말이 되어나오는 그 믿음 하나는 얼마나 뜨
거울 것인가.

　　　백날을 함께 살고
　　　백날의 고통을 함께 나누며
　　　가슴속에 품고 있던 공기마저 온기를 잃었다
　　　초점 잃은 눈동자로
　　　내 몸은 각기 다른 방향을 향해 고개를 돌렸다
　　　우리의 세상을 펼쳐보기도 전에
　　　아뿔싸,
　　　나는 벌써 죄인이었구나
　　　한 사람에게 남겨줄 건 상처뿐인데
　　　어쩌랴
　　　한사코 막무가내인 저 사람을……

　　　백날을 함께 살고
　　　일생이 갔다

　시는 비상한 뜨거움으로 한 생애에 "백일"만이 남았던 사
람이 어떤 "늦은 사람"(「늦게 온 사람」)과 함께한 고통과
사랑의 시간을 적고 있다. 고통이 "온기"를 뺏어가고 "죄"
를 심어주는 닫힌 나날은 그러나, "상처"를 두려워하지 않
는 용기의 발명 가운데 저도 모를 사랑을 향유하는 듯하다.
"어쩌랴"에는 사랑할 방도가 없음에도 사랑을 끌어안고 말
았던 기쁜 무장 해제의 마음이 묻어난다. "백날"이 "일생"
이 되는 까닭이 여기 있지 않을까. "여분의 사랑"은 곧 사랑
의 전부였던 것이다.

4.

　단풍나무에 기대앉아
　백설기 먹고 물 마시고 토마토 몇 조각 먹는 사이

　기껏
　거미 두 마리
　큰 개미 서너 마리
　작은 개미 수십 마리 다녀갔다

머칠 전에 잘려나간 단풍나무 그림자 아래였다
　　　　　　　　　　　　　　　　　―「행복한 하루」 전문

　시인을 방문했던 것은 이처럼 적지만 많고 작지만 큰 생명
의 움직임들이었다. 울고 웃는 목숨의 구비와 고비에서 그
이는 "잘려나간 단풍나무"의 줄어든 "그림자 아래" 욕심 모
르고 앉아, 세상 가득한 결여와 메마름을 볕처럼 쬐다 갔다.
혹은, 많지만 적고 크지만 작은 우리의 가난하기만 한 삶을
어루만져주고 갔다.

　불의의 발병과 힘겨운 투병 끝에 배영옥 시인이 이곳을
떠난 지 일 년이 돼간다. 시집을 덮으며 생각하니, 마치 그
이가 지난 한 해 동안 지상에 머물며 이 시편들을 매만지고
있었던 것만 같다. 그이의 두 가지 고민은 "어떻게 시를 써
야 할까? 이제 어떻게 살아야 할까?"[2]였다. 삶은 그렇다 치
고, 시가 무엇이기에 그이는 저렇게 삶보다 먼저 시를 떠올
리고, 진통제도 거부하던 격통의 나날에도 원고를 움켜쥐
고 견디었을까.
　우리 시대의 어떤 시인들이 그렇듯 배영옥 시인도 시가
곧 삶이고 삶이 곧 시라 여겼던 것 같다. 그것은 삶을 통과
하지 않은 시가 없고 시를 통과하지 않은 삶이 없었다는 말

────────────
　2) 배영옥, 앞의 책, 4면.

이기도 하다. 배영옥 시인의 삶과 시에 큰 영향을 드리운 건 죽음의 기억과 예감이었다. 그이의 시는 삶 속의 죽음을 대면하고 삶은 시 속의 죽음과 조우한다. 그 의지와 꿈은 아마도 우리 곁에 오래 남은 애도의 시들이 늘 그러하듯, '사람은 결코 죽지 않는다'는 오류문이 참임을 입증하기 위한 고단한 상상력을 품고 있었을 것이다. 그이는 쉰을 앞둔 나이에도 "여느 때처럼 엄마 사진이 든 작은 액자"를 머나먼 쿠바의 민박집 식탁에 놓아두던 사람이었고,[3] 생명을 가진 적 있는 존재라면 도통 잊으려 할 줄 모르는 사람이었다.

비평을 전공하지 않은 나는 배영옥 시인의 시를 면밀히 읽고 그 무게를 저울질할 능력이 없다. 시인과의 작지만 무거운 인연에 기대어 두서없는 소회를 적은 데서 그쳐야 할 것 같다. 다만, 한 시인이 너무도 돌연히 찾아온 시련 속에서도 한도 이상의 기운과 정성을 모아 묶은 이 시집에 면밀하고 따뜻한 해석과 평가가 이어지길 바랄 뿐이다.

지난해 6월 6일, 단양을 떠나와 제천에 잠시 내린 우리 몇 사람은, 어느 허름한 중국집에 들러 막막한 갈증을 달랬다. 우리는 그이가 얼른 나아서 태연히 일어나길 바랐지만 물론 그 말을 입 밖에 내지는 못했다. 우리는, 취하지도 않았다. 그로부터 닷새 후에 그이는 불현듯 떠났다. 나는 부산에 내려가 조문하고, 늦은 밤 자갈치 시장에 가서 혼자 술을 많이

---

3) 앞의 책, 176면.

마셨다. 깨어보니, 길바닥이었다. 상가의 내려진 셔터에 기
대어 중얼거렸던 것 같다. '사람은 죽지 않는다.'

배영옥 1999년 매일신문 신춘문예를 통해 등단했다. 시집으로 『뭇별이 총총』이 있다. 2018년 6월 11일 지병으로 세상을 떠났다.

문학동네시인선 122
백날을 함께 살고 일생이 갔다
ⓒ 배영옥 2019

1판 1쇄 2019년 6월 11일
1판 4쇄 2024년 1월 15일

지은이 | 배영옥
책임편집 | 김민정
편집 | 유성원 김필균
디자인 | 수류산방(樹流山房) 본문 디자인 | 유현아
저작권 | 박지영 형소진 최은진 서연주 오서영
마케팅 | 정민호 서지화 한민아 이민경 안남영 왕지경 황승현 김혜원 김하연
          김예진
브랜딩 | 함유지 함근아 고보미 박민재 김희숙 박다솔 조다현 정승민 배진성
제작 | 강신은 김동욱 이순호 제작처 | 영신사

펴낸곳 | (주)문학동네
펴낸이 | 김소영
출판등록 | 1993년 10월 22일 제2003-000045호
주소 | 10881 경기도 파주시 회동길 210
전자우편 | editor@munhak.com
대표전화 | 031) 955-8888 팩스 | 031) 955-8855
문의전화 | 031) 955-3576(마케팅), 031) 955-8865(편집)
문학동네카페 | http://cafe.naver.com/mhdn
인스타그램 | @munhakdongne 트위터 | @munhakdongne
북클럽문학동네 | http://bookclubmunhak.com

ISBN 978-89-546-5643-6 03810

* 이 책의 판권은 지은이와 문학동네에 있습니다. 이 책 내용의 전부 또는 일부를 재사용하
  려면 반드시 양측의 서면 동의를 받아야 합니다.
* 이 책은 서울문화재단 '2014 문학창작집발간지원사업'의 지원을 받아 발간되었습니다.

잘못된 책은 구입하신 서점에서 교환해드립니다.
기타 교환 문의: 031) 955-2661, 3580

www.munhak.com

문학동네